AF232898

ODE

A L'HOMME.

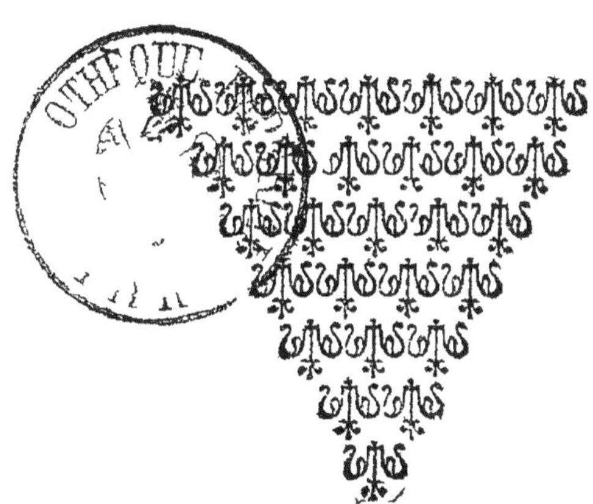

M. DCC. XLIV.

ODE

A L'HOMME.

SUPERBE Roi de la nature,
Toi que l'orgueil a détrôné;
Reconnois, humble créature,
La main qui t'avoit couronné:
Ce Dieu, dont tu portes l'image,
Borna ta grandeur à l'homage
Qu'il exigea de ton devoir;
L'essor qui t'éleve, le blesse,
Et tu retombes par foiblesse
Dans l'abîme de son pouvoir.

A ij

Aprens que cet orgüeil extrême
Qui dégrada l'humanité,
Rend ton cœur, tiran de lui-même,
Le jouet de ta vanité ;
Que toujours la raison complice,
Pour multiplier ton suplice,
Se prête à ta coupable ardeur ;
Qu'au vent des passions en bute
Tu n'embrasses depuis ta chute
Qu'un vain fantôme de grandeur.

La barriere s'ouvre ; tu voles
Sous le titre de Conquérant,
Et t'immolant aux noms frivoles
Tu cours après celui de Grand :
Entretenant ta douce ivresse,
La Fortune qui te caresse
De ta gloire nous eblouit,
Mais toujours la grandeur échape,
Et malgre l'eclat qui nous frape
Jusqu'en tes bras s'évanouit.

✿❙❙✿

REMONTE à la divine source
D'où coule le solide honneur ;
C'est-là ton unique ressource
Et le chemin du vrai bonheur :
Abhorre la fausse maxime
Qui pour déifier le crime
Ose l'ériger en vertu ;
Par un auguste caractére,
De la grandeur que rien n'altére
Le Chrétien seul est revêtu.

✿❙❙✿

Roi, c'est un soleil de justice,
Rayon de la Divinité,
Et le nuage épais du vice
N'en offusque point la clarté :
Des lois saintes, dépositaire,
La raison, flambeau salutaire,
Ne brille que pour l'éclairer,
En toi volage & complaisante,
C'est une vapeur séduisante
Qui s'allume pour t'égarer.

A iij

Aux pieds du Tribunal sévére
Où préside la Vérité,
Paroissez, Mânes, que révére
L'idolâtre Postérité :
Tremblez à sa voix immortelle....
C'est le Mensonge, vous dit-elle,
Qui consacra votre splendeur,
Dans vos fastes brillans que j'ouvre,
Quelle foiblesse je découvre
Sous l'aparence de grandeur !

Quoi ! dans ces triomphes rapides
Où Bellone guidoit vos pas,
Vous portez des cœurs intrépides
Parmi les horreurs du trépas?
Non, dans le cours de vos Conquêtes
Les lauriers ombrageant vos têtes
Cachent le péril à vos yeux ;
L'opinion qui vous seconde,
En vous faisant Maîtres du Monde,
Soutient vos cœurs audacieux.

QUE loin du théâtre où la Guerre
Embrase tout de son flambeau,
Ce Roi, qui lançoit le tonnerre
Approche des bords du tombeau;
L'erreur, dont le bandeau propice
Lui déroboit le précipice,
En laisse voir toute l'horreur;
L'aspect de la Mort le terrasse,
Et fait succéder à l'audace
Le désespoir & la terreur.

DEVANT ta grandeur, Aléxandre,
J'ai vû se taire l'Univers;
Dans le tombeau, prêt à descendre
Comment soutiens-tu ce revers?
A peine la Mort qui t'arrête
Suspend le glaive sur ta tête,
Tu pâlis sous les coups du sort;
De tes Devins * l'art imbécile
Vainement te cherche un asile
Contre les frayeurs de la Mort.

* Il fit assembler tous les Devins & Devineresses.

Tel un torrent qui des montagnes
Vient fondre à flots tumultueux,
Quand l'orage dans les campagnes
Presse son cours impétueux,
Renverse, en frémissant de rage,
Les digues qui sur son passage
Osoient défendre les sillons,
Et court s'ensevelir sans gloire
Par le chemin de la Victoire,
Sous l'herbe des humbles vallons.

Le Héros qu'irrite un obstacle,
Afronte des périls certains,
Et dans la pompe du Spectacle
Semble maîtriser les destins;
Environné de funérailles,
Quand il renversoit des murailles,
La Gloire affermissoit ses pas;
Son ame de fureur saisie,
Dans cette heureuse frénésie
N'envisageoit point le trépas.

Vous, Grands, qu'un encens idolâtre
Accompagne jufqu'au cercueil,
Le Monde eft pour vous un theâtre,
Et votre Rôle, c'eft l'orgueil :
Quelle faftueufe aparence,
Illufion de l'ignorance,
Surprend des refpects fuperflus !
A travers cet éclat fuprême,
En vous cherchant jufqu'en vous-même
La Raifon ne vous trouve plus.

A fes regards un Perfonnage
Mafqué de la vaine fplendeur,
Ne mérite point l'apanage
De la véritable grandeur :
Aux yeux d'un ftupide Parterre,
Grand dans la Paix, grand dans la Guerre
Pompée à Rome fut un Dieu,
Céfar vient, l'idole de Rome
A Pharfale n'eft plus qu'un homme,
Que le fer pourfuit en tout lieu,

LE vainqueur même de Pharfale,
Couvert de Lauriers dangereux,
Dans cette gloire qu'il etale
Ne montre qu'un coupable heureux;
Le Ciel à fon ame trompée
Réfervoit le fort de Pompée,
Au fein de fes propres Etats:
Il tombe; à ce revers funefte,
De fa grandeur il ne lui refte
Que le prix de fes attentats.

ET vous, dont le bras defpotique
Afferviffant Peuples & Rois,
A l'ombre de la politique
Du Monde gouverne les droits,
Miniftres, la foule importune
Adore à vos piés la Fortune;
Vous réglez le fort des Mortels:
Qu'un Tiran foupçonneux * l'ordonne;
La perfide vous abandonne,
Et va renverfer vos Autels.

* Tibere fit perir Sejan qu'il avoit élevé.

ROUGISSEZ, Esprits mercenaires,
Qui vendez vos doctes essors
A des Héros imaginaires,
Dont vous épuisez les trésors ;
Chantres d'une injuste Victoire,
C'est à l'abri de leur Histoire
Que votre nom brave l'oubli,
Vous faites la grandeur d'un autre,
Et le Héros qui fait la vôtre
Tombe avec vous enséveli.

TOI, dont l'œil perça la Nature,
Oracle de l'Antiquité, *
Est-ce un éclat sans imposture
Qui part de ton front respecté ?
Volant sur le char d'Uranie,
Ton rare & sublime génie
Triomphoit de tous ses Rivaux ;
Je pris les armes, & l'Ecole
Frémit de voir briser l'Idole
Dont elle adoroit les travaux.

* Aristote, combattu par Descarte.

Plus grand fous les coups de l'envie,
Socrate par un noble effort,
Fit le plus beau jour de fa vie
Du jour funébre de fa mort,
Grandeur étrange ! où l'œil Stoïque
Admire la pompe héroïque
De fon infenfibilité :
Devant la Mort, fans réfiftance,
Qu'oppofa-t-il en fa conftance ?
Une aveugle tranquillité. *

C'est en vain que Rome nous vante
De Caton l'infléxible cœur ,.
Je le vois rempli d'épouvante
Au feul bruit de Céfar vainqueur :
De quelque titre qu'on le nomme,
Il déshonore le grand-homme
En tournant contre lui fes mains,
Et par foibleffe il fe délivre
Du pénible fardeau de vivre
Que portérent tant de Romains.

* Il dit qu'il ne favoit fi la mort étoit un bien ou un mal.

HOMME, de la grandeur solide
Connois mieux l'éclat & le prix :
Ce Roi * qui commande en Aulide
Ne mérite que nos mépris,
Qu'il rassemble la Gréce armée,
Que la bruyante Renommée
Vante à la terre son pouvoir,
L'orgueil dans les Combats l'entraine,
Et la Verité souveraine
Ne couronne que le devoir.

CHERCHONS-NOUS le parfait modéle,
D'un Roi digne de nos Autels ;
LOUIS à son devoir fidéle
Sera le plus grand des mortels :
Il régnoit, Monarque équitable ;
Et par Justice, redoutable
Chés le Belge il porta l'effroi ;
Si dans le fort de la tempête
La foudre éclate sur sa tête,
Il meurt, comme il vécut, en Roi.

* Agamemnon.

CET Aftre qu'adore la France ,
Eclipfé long-tems à nos yeux ,
Par les rayons de l'Efpérance
Fait luire un jour plus radieux :
Amour de mon Roi, tu m'emportes !
Et toi , Paris , ouvre tes portes ,
Déja tous les cœurs font ouverts :
Le Roi de gloire va paroître ,
Ouvre..... tu revois dans ton Maître
Celui que voudroit l'Univers.

Vous , Peuples , couronnez vos têtes
De ces Lauriers qu'aux champs de Mars
Il a moiffonnés pour vos Fêtes ,
Sur les frontiéres des Céfars :
De quels feux la Nuit étincelle ! *
Un nouveau Soleil luit pour elle ;
Nos regards en font éblouis :
L'Amour s'élance de nos ames ,
Et par d'ingénieufes flames
Peint le Triomphe de LOUIS.

* Les illuminations pour l'Entrée du Roi.

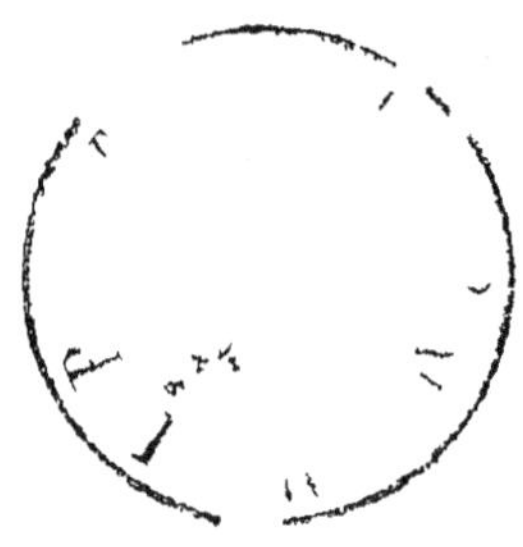

Son bras qu'il arma du tonnerre
Va, pour le repos des Humains,
Fermant les portes de la Guerre,
A la Paix ouvrir les chemins ;
Et nous chérirons un Monarque,
Dont l'exemple auguste nous marque
Quelle grandeur doit nous fraper ;
Hors de Dieu, la gloire brillante
N'est qu'une flame étincelante
Que l'œil surpris voit échaper.

F I N.

Par Monsieur D. C.